JN062768

ぎゅっとでなく、
ふわっと

夏目美知子

編集工房ノア

「ぎゅっとでなく、ふわっと」　目次

*

装幀　森本良成

*

小窓

玄関わきに小窓がある。そこから隣家の庭が見える。隣家は長い間、空き家になっていて、壁も屋根も全体の雰囲気も、次第に生気がなくなっていくが、端《はた》からはどうしようもない。

窓は明かり取りほどの大きさなので、斜め上から見えるのは、腕で囲ったくらいの僅かな空間である。ブロック塀の黒ずんだ部分や、縁が欠けた煉瓦の階段。そして、半ば草に覆われた地面。草は枯れたり繁ったり、新しい種類が混じったり、多少の変化がある。
急に暗くなったかと思うと、雨が降って来る。窓枠の向こうで、石蕗の葉が雨粒を受け、上下に揺れ始める。小石も、破れた金網も地面も次々と濡れていく。情景は誰かの横顔のようである。私はそれを見ている。降りしきる音が辺りに響き、その為に静けさがある。すぐ傍なのに、何処か遠いところのように見える。

しばしばそこは、固有の表情を見せる。木枯らしの時、淋しさが剥き出しになる。短い草にピンクの小花を散らせて、汚れた壁に日が当たり、穏やかに憩って見える時もある。絶えず変化する細かな営み。孤絶しているが、すべてのものがそこにはある。かつて、いつも浸り込んでいた私の馴染み深い場所と同じ。居心地のいい心の底のような所。私は帰りたいと思っている。小さな空間に惹かれて、忘れていた細部をもっと思い出そうとする。

けれど、私には解っている。道路に出て行き、覗いてみると、壊れかけた扉の中では、古家が、間が抜けたように佇んでいるだけだ。所々剥げた草むらは何も語らないし、何の感慨も呼び起こさない。見えたのはたぶんこの辺だと思っても、それすら曖昧になる。物陰も隅っこも、全体に紛れて、見分けがつかない。懐かしいものが何だったか、一気に曖昧になる。そのうちきっと、隣家は取り壊されるだろう。そして、新しい持ち主のために、更地になるだろう。

自宅から再び、小窓の向こうを見る。夕日が射して、小さな枠の中にオレンジ色に染まった庭がある。美しい夕暮れが凝縮している。徐々に光が消えるまでを見届ける。

夕方には雨戸を閉めます

細かなことのくり返し。退屈、慌ただしさと逡巡。突然全てが見透かせて、一時的に抜け出すこともあるが、それが答えにはならない。世の中は絶えず変わるけれど、自分は自分と向き合っている。

よく効く薬。読みかけの本。雨水の溜まった庭石の窪み。垣根の向こうの人にする会釈。

近くの店で働き始めた若い人がいる。その素っ気ない頬を好ましく思う。彼女は笑わない。気難しい雰囲気が出ている。人と親しくならずに生きるスタイルが、私の興味を引く。その興味のために少し活気づく。容易に打ち解けない目に、独りでいる強さがある。多分、彼女と私が本当に出会う事はないと思うけれど、どうやって人は自分を貫くのか、知りたい気がする。

向上心は薄れていくが、ドラマの中のことを、自分のことのように感じる力は強くなる。

削り過ぎるのは良くない。芯が出て来てしまう。目の前に現実があるから、辛うじて自分を保つが、そのうちに、音を立てずに壊れていくという予感もある。

駅で彼女を見かける。友達三人といる。一人が手を振って離れて行く。少しして、それぞれが別の方向に去って行く。その様子は、まるで淡い色の花弁が一枚ずつ外れていくようだった。彼女一人が残る。何かを待っているのかもしれない。軽いコートを着ている。駅前の人の流れの真ん中に留まっている彼女。その時、私の中で、遅れたピントが、ゆっくりと合う。

雨戸を閉める。古い雨戸はスムーズに閉まることがない。何かにつっかえて金属的な音を立てる。その音は自分の死を思いつかせる。

思いの密かに留まるところ

人と話をする時、解ってもらえそうなことを、無意識のうちに選んでいる。細部まで通じるとは思えないから、言わずに飲み込むことは多い。共有できる面だけで、日常は成り立っている。

けれど、口に出すことのなかった思いの多くは、いったいどこに行くのだろう。

母の葬儀のために、何日か家を留守にした後、帰宅して雨戸を開けた私が見たものは、ちょうど眼の高さをひらひらと飛ぶ黒アゲハだった。小さな庭を行きつ戻りつするアゲハを、私は見詰めずにいられなかった。見ているうちに、私は、母は既に向こうにいるのだ、と思った。蝶はそれを告げに、薄い隙間をすり抜けて、ここに来たのだ。その後、何日か続けてアゲハはやって来た。私は長い間、悲しみから本当には回復することはなかったが、何年も経った今でも、急に蝶が現れることがあって、私は胸の中で声をたてる。一方で、蝶を執拗だとも思っている。

口に出さず思い続けたことは、たぶん消えることはない。何処かに密かに留まり存在していて、黒アゲハのように、時々現れ、私にそのことを思い出させるだろう。

もし耐え切れず、日常の流動的な会話の中で、私が口に出してしまうことがあるとしたら。そして、聞き流されるに違いないそれらの片鱗の蓄積が、奇跡的に形を結ぶとしたら。それが私自身かもしれない。

歩く、歩く秋

待ち兼ねた金木犀が一斉に咲いた。何処を歩いても、香りが身体を包んでくる。その気持ちを誰かに言いたい。こんなにいい香りなのだから。

けれど、共有するということは難しいのだ。

話は、横に並んでするのがいい。眼は見つめない。過剰は避けた方がいい。言えば伝わるというものでもない。

思いが明確なうちに口に出したとしても、放たれた言葉は独り言に近い。多くの言葉は素通りする。

風吹く通りを歩く。脚は勝手に自宅に向かって動く。自宅へはこのまま真っ直ぐだが、道は左右あちこちで分かれている。晩年の父が、散髪に出掛けて、電話をして来たことがある。「店が見つからない」慌てて迎えに行き、憔悴した父を連れて帰る。あの時、父の中で街の地図が動いたのだろう。

枝分かれした道を行く。風が背中を押してくる。迷い込むと解っていて、更に歩く。両側にも前方にも家があって、間に果物屋や喫茶店、新聞の配達所や古い赤いポスト、歯医者が挟まっている。地図は私を乗せて広がる。過ぎた日があり、未来がある。向こうに、父が行こうとした散髪屋が見える。角に交番。空き地もある。悔恨や憧憬や苛立ちがこびりついていて、私は引き返すことが出来ない。最後は港に出る筈だ。左右の赤と白の灯台。歩く間、言葉は現れては消え、消えては現れる。

金木犀は散り、あの香りは消えた。
桜や欅の紅葉が始まるだろう。
「祈りは独り言ではありません」と言われる。
日曜礼拝の説教で。

ぎゅっとでなく、ふわっと

朝、見た黒い毛虫が、夕刊を取る時も同じ場所にいたので、やっと私は、毛虫が死んでいることに気づく。むくむくして艶があって、毛虫は、ただ動かないでいるだけにしか見えなかった。そのまま何日も、生きているように死んでいて、ある日、突然、消えた。

「寝て下さい。いい眠りが大事です」と言われる。

その分一日は短くなるが、家事は必須なので、それが私の生活のメインとなる。それで良しとするが、多くの事は解らないまま終わるだろう。どうしても許せないことが、最後まで残るだろう。一日を終えることで、無力感が生まれる。

眠ると、同じ夢ばかり見る。私は何処かへどんどん歩いて行く。田畑や雑木林のある起伏の激しい場所の時もあるし、迷路ばかりの大きな建物の薄暗い内部のこともある。不安に駆られながら、一心に私は歩き、「ああ、ここは知っている」と、冷静に先を予想したりもする。その時、周りには誰もいない。私はたった独りなのだ。ずっとそうだった。

大きく変わったのは最近のことだ。知った人や知らない人、大勢が登場するようになった。何故かは判らない。何処かに向かって歩いているのだが、とても賑やかで、私も話をしたり、驚いたりする。そんな夢を一生懸命に見て、眼が覚めた時、ひどく疲れている。

ふわっと関わる。
ぎゅっとはいけない。

風が吹く。

過ぎて来た日のことを考える。
ここから道は、急な坂になる。
荷物を全部下さなければ、
登ることは出来ないような気がする。

淡い光の集まる場所で

雨の日、窓の傍のテーブルで紅茶を飲む。雨は激しくはなく、降り続く静かな音が、部屋で流れる音楽に溶け込む。硝子窓の向こうの、濡れて美しい葵の大きな葉が気持ちを明るくしてくれる。温かいお茶はゆっくり私の喉を下りていく。

自分の心がどうだというところから離れられない。一つの気がかりのために、暗い気持ちで日をおくることもある。心は動く模様のようだ。幾つものシーンが現れ、思いに際限はなく、すべてが私から離れない。

猫が尾を立て、私の傍を通る。「今日はどお?」と尋ねる。家には灯の点る部屋も、雑多にものを積んだ暗がりもある。冒険のほとんどは終わった。遠出をしても、私はすぐ戻って来る。内側に居ることでどうなるのか。当てはない。焦燥と安堵の混ざる閉塞。一日を終え、枯らした花や、美味しかったカレーパンや、ツチブタの臆病な眼や、古い旅館の迷路のような廊下のことを考えているうちに眠りに落ちる。

話したり笑ったり、口論をしたり、「嫌なことは忘れるものだろう」と平然と言ったり、食べて眠って、猫を膝に、新聞や本を読み、散歩をして、男は生きている。河は二本だが、ここで交わるので、淡い光が集まって来る。夜、床に就く時、男は祈る。私がベッドサイドの明かりを消しても、まだ祈っている。長い祈りだ。何を祈っているのか、私は問わない。

向かいの秋田犬が街の午後五時のチャイムに合わせて遠吠えをする。厚い毛皮の大きな犬だが、何か理由があるのか、渾身の遠吠えは、悲しげに聞こえる。発信を終えると、いつもの顔に戻って、犬小屋の前に座っている。

小説読み

初めからのめり込むわけではない。疑いながら用心しながら、そっと脚を踏み入れる。相手の呼吸を測り、様子を見る。それが一変、滑り出すのに頃合いがある。状況を飲み込み、人物への思い入れが始まった時だ。「それで？」と思い出すと止まらなくなる。何か訳がありそうな細かな場面でも、また後から読み直すつもりでいるから、速度を変えたりしない。

時間が来ると、渋々こちら側に出てくるが、気持ちは取られている。上の空で用を済ませると、また、急いで戻って行く。それをくり返すうちページは尽き、表紙を閉じる。喪失感がじわりと上がって来る。

城壁に囲まれた区域に入ると、事の裏がすべて解り、暗示に敏感になり、有難くも結末は必ず明かされる。すべて世はそういうものだと、いつの間にか思うようになる。こちら側に戻った時、私の現実感に微妙なズレが出来ている。

眠れない夜、台所に行くと、白いカウンターが小さな明かりに照らされている。その上に、ココア色のメロンパンが三つ、透明な袋に入っているのが置いてある。メロンパンは、朝を待っている。

ある日、何か勧誘の電話がかかってくる。しつこいので、イライラして切ってしまう。

アイロンをかける時に立つ匂いを好きだと思い、どうして好きなんだろうと思う昼過ぎ。

こんな現実の情景が目の前を去来する。

カードは無数にあるのだ、こちら側にも。

幾つもの事象が私に触れては消え、また、現れる。点在するそれらを、どう紡いだらいいのだろう。

バラバラに私は生き、そこに筋書きはない。

脈絡のない落ち着かない自由。私は早く知りたい。つまるところ、私はどうやって終わりにたどり着くのか。


きっと、城壁の向こうに毒されているのだろう。

一つの妄想

トラックから男が降りて来る。黒いTシャツに綿パン。小太りで背が低い。表情の硬さ、眼の暗さ。「これまであまりいいことがなかったな」というのが私の直感である。男は後ろに回り、荷物を下すのか、ロープを外す。ロープが一度跳ねる。

こんな早い時間に、仕事に出ている。眠り足りない寝床に目覚ましが響き、「行かなければ」と身を起こしたか。とにかく、今日、仕事に来ている。それは良かった。

と言うのは妄想だろう。本当は、仲間と興じて、大声で笑う男かもしれない。大事な家族がいて、生きる張合いがあって。さしあたり困ることなどなくて。私の直感に何の根拠もない。

それなのに、思い出すと直感は確信に変わる。何かを堪《こら》える目だった。小柄な体から醸し出される履歴。男の持つ絶望が、すれ違った私に、刺さった。まだ刺さったままだ。

境にドアがあるケース

議論することは避けたい。「いや、そうではなくて…」と返されると困る。応酬するためのエネルギーは、もうない。大抵の場合、私は、一つの事を伝えたいだけだ。もし、しみじみと「ほんとに、そうだね」と言ってくれる人がいたら、なんと幸福だろう。

感じることが、そのまま外へ出るとは限らない。自分の中で、いつまでも、ぐるぐる回っていることも多い。本当に思っている事と、そうでない事との間を縫うように問い続ける。「こうだ」と思うことに突き当たった時は、忘れずにいたい。

では、内は外に通用するか。それは私には解らない。

もしかすると、境目にドアがあるのではないか。

私は、その内側に、人を一人、匿っている。憐れみつつ、腹を立てつつ、期待しつつ。

この事を厭うているのではない。ドアは初めからあった。

実に人生は自分の手に余る。

そして、時は既に夕刻である。

道ですれ違った人との間に起きる微かな風。これを土産のように、私はずっと持っているだろう。
本屋の棚の前で横移動する時、同じような人がすぐ傍に来た瞬間、そんなわけもないのに寄り添われたと感じて覚える懐かしさ。これも私は忘れずに持っていよう。

庭づたいに夕刊を取りに行く。そして、戻る途中で新聞を広げ、立ったまま読んでいる。
優しい光が辺りを包み、
新聞を読む私の脚は、何センチか、宙に浮いている。

トマト記

夏の間、私はトマト三昧であった。よく熟れたトマトを選んで、買い足し買い足し、冷蔵庫の中がいっぱいになっても、買い物に行く度、構わず買ったので、毎日、食卓が際限もなくトマトであった。トマトは、どんな食材とも合う。

特に相性のいいハーブや肉も忘れず買う。料理のバリエーションは限りなくあって、困ることは何もない。

暑さは極めていた。私は憑かれたようにトマトを買う。今日は買うまいと思っても、真っ赤に熟れたトマトを見ると、どうしても手が出てしまうので、トマトはついに冷蔵庫から出て、台所のテーブルや棚にも溢れ、私はトマトを食べ続けた。そして、追い詰められるかもしれないと感じ始めた時、突然夏は終わった。

秋を迎えると、誰もが賢くこの時を過ごす。道で誰かに会っても、暑さに痛めつけられた老いを知られないよう、少し声を張り上げ、当たり障りのない話題に冗談も混ぜ「では、また」と笑って別れる。歩き出した時、肩が心なし落ちている。

本当は夏のせいだけではないかもしれない。
一緒に体験してきた多くの記憶が体内に蓄積している。戦火や荒れ野や果てのない不景気や無惨な殺され方をした人や地震や津波やパワハラや火砕流や政治家の自分本位な振る舞い。私達は衝撃を受けては、その都度、何とか立ち上がろうとして来た。

使っても使っても力は湧いて出るものなのだろうか。困難を乗り越えると強くなるというのは本当だろうか。

秋が近づくと、夏野菜は勢いを失い、私はもう、ほとん

どトマトを買わない。そして、新しい季節に慣れると、
あっさり酷暑を忘れる。

*

痕跡のようにスベリ台が

親しい人を失った。闘病は四カ月だったが、私はそれを知らず、急いで行った時、彼女は既に亡骸であった。

私と人との関係は、儚い。数えきれないほどあった出会いを、私は、どうしたのだろうか。さらさらと毀《こぼ》れるままにして来たのだろうか。誰でもそうなのだろうか。

猫が寝床に来て、私の脹脛《ふくらはぎ》あたりにもたれて眠る。それを起こさないよう、私は動かずじっとしている。重みと温もりが伝わって来る。猫に好かれていると思うと幸せなのだが、一方で、私はそれくらい淋しいのか、とも思う。

人と会う約束をして、お昼を食べる。取り留めもなく話をして、「楽しかった。また、会いましょう」という約束が本気で交わされる。繋がりが続くことに安心している。けれど危ういものだ。崩壊する準備はもう出来ている、おそらく。私達はこの世に、いつも危なっかしく籍を置いている。

雨の後、若い頃住んだ団地に行く。長い間、足が遠のいていた。手入れのされていない木々や、高くなり過ぎた草で鬱蒼として、ジャングルのようだったが、濡れて輝く緑は、朗らかである。こんなに野放図にあっけらかんと、生きて行けるならいいのに。いとしいけれど不確かなもの、求めるけれど摑めないものに捕らわれて、私はぎこちない。

団地内の小径を歩く。
緑に囲まれ、ただただ歩き、想念を振り払う。
途中で、スベリ台を見つける。三月に逝った人が、

遥か昔、遠くから訪ねて来てくれて、
一緒に子供たちを遊ばせた、
象牙色のスベリ台だ。

井口時計店の上の二日月

どこかが詰まったようで苦しい。まだ溜まり続けるのだろう。どうでもいいような小さな出来事、数えきれない沢山の本、好きな絵、嬉しくて弾けること。沁みるような悲しみ。何をどう感じて来たのかということ。実際の所、私は、それらで出来ている。

立って料理をしながら、淡い色の壁を思い出している。

日が当たっては翳るビルの壁だ。「何処の壁だったか」と包丁を使いながら、考える。シーンは無数にあって重なるから、かつて、何度も同じような考え事をしたに違いない。追憶の結末は何処にもない。追いかければ霧のように消え、余韻だけが残る。

窓の外を見る。晴れた冬の空の青。これを見ている人が何処かにいるだろうか。過去は共に在る。私は自分を休まさず、放り出さない。

暗くなった街を、停留所から家まで歩く。商店はもう何処も閉まっている。シャッターの前に、自転車が二台置かれている。晩年の母の「私、自転車に乗ろうかしら」という呟きが唐突に蘇る。あの時、私は、聞こえないふりでやり過ごしたが、きっと母は夢見たのだ。自転車だったら軽やかに走れるのではないかと。一瞬、夜道に、自転車を漕ぐ母が浮かび上がる。フレアースカートがなびいている。母は微笑んでいる。

突き当たりの時計屋がまだ開いている。人影はないが、闇に囲まれ、そこだけ明るい。昔からある古い店だ。そして、初めて私は気がつく。爪を切って貼ったような細い月が、満月よりも強い光を放って、井口時計店の真上にいた。

出来ることなら夜空へ

オレンジ色の閉じたシャッター。パンプキンという名のパン屋だったが、知らない間に閉めたのだ。プクプク双子のような夫婦がやっていた。イーストを使わない不器用なパンが並んでいた。何処に行ってしまったのだろう。シャッターは三十センチくらい開いている。奥は暗い。

銀杏が散る。郵便局が年賀状を売り出し始めた。

子供の自転車が転がっている。植木鉢が枯れている。片方だけのサンダル。不在がありありと分かる。私は出て行ったここの主婦と子供たちを思い出している。夫が、朝夕、車で出入りする気配はある。

薬局の薬剤師が頷きながら、お客の相手をしている。「うんうん、それでいいんちゃいますかぁ」なんて、いい加減なこと言っても、成り立つものなんだ。

スロバキアの二匹のオオヤマ猫は、生まれたばかりで保護され、一年も森の近くで森の管理人夫婦と暮らしていた。気のいい犬もいて。いつか森に返す。いつ返すか。しなやかさは猫に似ているが、猫よりずっと大きく精悍で、気を許せない野生を持っている。じゃれあって飽きない。まだ幼さがある。気持ちが通う。けれど、やがて、美しい文様の毛皮の下の筋肉を、内臓と血を、本来のものへと変えていく。そして、雪で閉ざされる前に、自分たちで山に入り、それきり帰って来なかった。

森では年に三百頭、ハンターや車に殺される。

雨が降る。濡れているだろう。もう抱くことは出来ない。


ベランダの半透明の屋根の一点が、不思議な明るさで、「何なに？」と言いながら外に出てみる。輝く半月だった。こんなふうに呼ばれたことない。通り道だ。

枝はどこにでもある。そこを折れて歩く。寄り道ばかり。寄り道するために生きているようなものだ。「自分の道を選んできたか」と問われて「勿論」と即答したが、本当にそうだったか。寄り道して物語を拾って袋に詰めて歩いているだけだ。引きずらなければならないほど、袋は、重い。

夜更けに食器を洗う。頭上の灯火だけついている。白い皿が翻る時、水が光る。私は手元だけを見ているが、エプロンをした自分の腹部も視野に入る。躰をシンクに預け、そのまま、船の舳先のように夜空にせり出していく。

背後に丸い大きな地球。

私は今日、つぶれたパン屋の夫婦だった。折れ曲がる木の枝だった。オレンジ色の動かないシャッターだった。

風に舞う銀杏の葉っぱだった。オオヤマ猫だったし、置き去りの自転車だった。適当な相槌を打つ薬剤師だった。

暗い顔をした年賀状売りだった。


もし、夜空から誰かの手が延びて来て、せり出している私を引っ張ってくれたら、殻を脱ぐように、私は私を抜け出し、宇宙に舞い上がって行けはしないか。

物語は全部置いていくから、その時、私はただの軽い気体になっている。

私を訪れる切れ端のような感覚

洗面所で歯を磨く。少し俯き、ただ磨いている。その時、奇妙な感じがして手を止める。歯ブラシを銜えた自分の顔は、私なのか。何かが変だ。何をしているんだろう。ここにいる現実感がない。洗濯機や体重計やタオルケースが目に入る。天井は低く、明かりがついている。音はしない。

よく知っている簡単な漢字を書く時、突然それが全く知らない形に思えることがある。本当にこんな字だったか。私は疑い、混乱する。無意識に書いていた字が、初めて見る形に思えて、暫く元に戻らない。

境目を歩いている。どうなるのか判らない。どちらに落ちても、それは成り行きだ。

夕方、電車に乗る。座席はほぼ埋まっている。しばらく揺られているが、「乗る電車を間違った」と思って、私は、立ち上がりそうになる。窓の外がいつもと違うではないか。電車はスピードを上げ、目的地からどんどん離れていく。もう止めることは出来ないのだが、まさか…という思いもある。乗る時に確かめたのだからと。電車はトンネルに入る。奥へ奥へ、深く。座った乗客は一様に疲れた顔をしている。表情がない。みんな、黙って連れて行かれているように見える。それで構わないと思っている。この静けさは、軌道から外れて、宇宙の彼方に飛んでいく星を思わせる。更にスピードが上がり、ほら、もうすぐ点のように小さくなる。

空の鳥　食卓のリンゴ

卓上で、リンゴを真半分に切る。ナイフが最後にたてる
音を避けて、ぎりぎりで止め、あとは、手首を捻って、
二つに割る。

鳥がしきりに鳴き交わす。遠く、近く。何種類も。
明るい高い声だ。何の鳥かは判らない。
先に、夫が「てっぺんかけたかと二回聞こえた」と言っ

た。私も聞きたいと思ったが、それきりだ。

俯いてリンゴの皮を剥く。この姿勢に入ると、心の納まりがいい。編み物でも、煮炊きものでも、読書でも、同じ姿勢の中に、考え事が隠れている。私はその考え事の中に住んでいて、時々、外と中が判らなくなる。

先に何があるのか。「葉っぱのフレディ」という物語を、私は、好きになれない。

食べやすいように薄く切ったリンゴは、おなかに収まり、私は思い煩いを振り払い、一日を始めるために立ち上がる。

雨の日、鳥は来ない。

そんな時どうしているのか、想像もつかないけれど、
鳥は鳥の規模で、適正に生きているに違いない。

お昼のパスタ

「忘れることです」というのは、もしかしたら私に向かって言った言葉でしたか？

次々と浮かぶ想念や情景は、雑多でしつこく、まとまりに欠ける。結局私は、それで疲れているのだけれど、振り払うには大切に思えて、全部抱えたまま生きている。重さは増し、どんどん身動き出来なくなるみたい。

出来事をよく覚えているというのは正確ではない。覚えているのは、その時自分がどう感じたか、ということ。

小窓から公園が見える。大きく樹は繁り、いつも誰かしら居て、ボールを蹴ったり、犬を散歩させたり、晴れた日も曇りの日も、平穏だ。そう、シンプルに、健康で明るく。あの公園にはいい時間がある。覗いている私に、それが解る。それでも、内側でぐるぐる回る悲しみや虚しさ、懐かしさや憧れは消えない。

お昼、パスタを作る。

生椎茸を軸ごと縦に切って、あとは大蒜、厚切りベーコンと小口切りの唐辛子。サッと炒めて、塩胡椒。美味しい。今日のいいことはコレ。

遠くから「忘れることです」と付け加えるように言った人は、二月に亡くなった。

私達の共犯

朝、目が覚めた時、心が暗い。「起きたくない」と思っている。知らない間に、意欲や好奇心は後退していくらしい。絶望は、眠っている間に溜まる。気分が上がってくるのを、横になったまま待つ。

焼きたてのトースト。読みかけの本。人と会う約束。そんなことだけで朝が輝いていた時は過ぎて、私は、今、起きるための動機を懸命に捜さなければならない。

何故、空しいのだろうか。
疲れてしまったのだろうか。
ようやく起き上がると、家の中の仕事は自動的に始まる。
不機嫌に、のろのろと。そう、一応は始まるのだ。習性
だから。動いていると、血が通い出すのが解る。己とつ
き合うのも根気が要る。

午後から少し歩く。さしたることもせず、毎日はポツリ
ポツリと過ぎていく。街は静かで、緩やかな起伏が多く、
何も考えずに歩くには、ちょうどいい。

紅梅が咲き、その横で木蓮の大きな蕾が、開く時を待っているのが、塀越しに見える。沈丁花は満開である。そんな花を目で追うようにして歩く。


交差点で、信号が緑になるのを、待つ。私より年配の、小柄な人が、同じように立っている。車は通らず、信号はなかなか変わらない。

隣の人は私を見て、「渡りましょか」と言った。「はい」と私は応え、一緒に渡った。少し手の震えるその人は、嬉しそうに「違反ですなあ」と言い、二人で笑った。

それから、私達は左右に別れた。

三月、青空の青は、光が弱い分だけ、例えようもなく優しい。

丸投げまでの菜種梅雨

棚の高いところに、何かを置いたのだが、それが何だったか思い出せない。伸ばした腕の感覚だけがある。確かに置いた。何か、やさしく、やわらかく、懐かしいもの。椅子に登って探してみても、見つからない。

少しずつ全てが変化していく気がする。それは自分の内なのか、外なのか、定かではない。

朝、体調が悪かった。何をする気もなくて、不機嫌なまま、午後になる。それから、着ていたカーディガンを脱いだ。不調の原因が、その時判る。カーディガンが重かったのだ。急に躰が楽になった。

自分の感覚で判断し解釈し、希望し、刻むように毎日が過ぎていくが、そこにどんなに沢山の的外れがあるだろう。誤差は、談笑や問いかけや沈黙や放心や鼻歌の陰に、隠れている。それでも支障はなく平穏なままだけれど、全てが少しずつズレて、私達はその上にいる。ズレは大きくなるかもしれない。先に私が壊れるかもしれない。

雨が降る。菜種梅雨というのだそうだ。重いしっかりした雨。低く暗い空を見ていると、「昔、私もあそこから降って来たのだった」と思う。いかにも。私は空から降って来たのだ、一粒の雨として。

「恐れることはない」という言葉が私を勇気づける。すぐに忘れるが、忘れては、また思い出す。そうして「最後は丸投げすればいいのだ」と、答えを出す。

鳥でもシンガーでもなく

エレキを持った若いシンガー。ブルーのアイシャドーが
濃い。歌は上手い。次の瞬間、映像は四十年後の今に切
り替わる。声がよく出ていて、昔よりもっと上手い。
その時、彼の長い白髪が乱れて揺れ、
私は微かな吐き気を覚える。

外を夜の巨大な闇が広がり、地球の丸みの果てまで延び

て行く。薄くなって漂い、闇に同化できればいいと思うが、また、普通に朝は来る。解りの悪い奴。

灰色の空を低く、鳥が飛ぶ。真下から見ると、羽は美しい一文字だ。鳥も鳥の訳があって飛んでいるのだろう。あの鳥はどこで死ぬのか。

台所。午後の大半をここで過ごす。秋になると、西へ急ぐ太陽がその途中、柔らかい光を惜しみなく降り注いでくる。新聞を読み、アイロンをかけ、手紙を書き、夕方、食事の支度に立つ。決めておいたメインの下拵えをしながら、他の副菜やスープの中身を考える。焼いたり揚げたり、出来上がり間近に物足りないとなると、一品足す。こんな実際が、私を繋ぎとめる。薄い影になってどこかに流れ出さないように。気分が虚ろい始めると、急いで手で押し込む。

雨についての思索を一篇

目覚めた時、外はもう雨だった。そのうち止むだろうと思っていたが、同じ強さで、いつまでもいつまでも降り続いた。無表情な雨だ。一日が、閉ざされたように重く、

「どうかしている…」と、独り言が出る。

それが、思いがけず、夕方遅く止んだ。止んだことに気づいた時には、既に西日の最後の柔かな光が窓ガラスの端に映っていた。そして夜になると、庇と庇の間にみず

みずしい満月さえ上がった。

ありふれた一日だが、取り残される構造が、堪《こた》える。何かの反映かと。つまりそういうことなのだ。気づかず空回りしている。

私がどうであったとしても、

外側で、雨は降り、雨は止み、月が輝く。

雨の後、月は美しい。

大胆より慎重を選び、後悔することのないようにと肝に銘じたとしても、後悔のない終焉などあるだろうか。ある時、私は短距離の選手だったし、ある時は薬売りだった。ある時はピアノ弾きで、また、ある時は猟師だった。
それらはもう、何か意味があることのようにも思えない。
とうとう人生は私の手におえないまま終わるだろう。

床で丸っこい蜘蛛が縮こまって、じっとしている。
猫にやられたに違いない。
猫は真っ黒な艶のある毛並をしていて、
家の中を自由に歩く。
呼ぶと返事をして、人の話もじっくり聞く情があるが、
いたぶった蜘蛛が死んでも、後悔などしない。

何時《いっ》止むと決まった雨なら、

私はタイマーをかけておきたい。
そして、それが鳴ると同時に、
縺《もつ》れた事すべてを、
ほどく。

夏目美知子（なつめ・みちこ）
1948年　帯広生まれ
詩集『私のオリオントラ』（1996年・詩遊社）
　　『朗読の日』（2004年・編集工房ノア）
現住所〒589-0023大阪府大阪狭山市大野台2-26-4

詩集ぎゅっとでなく、ふわっと
二〇一九年十一月一日発行
著　者　夏目美知子
発行者　涸沢純平
発行所　株式会社編集工房ノア
〒五三一—〇〇七一
大阪市北区中津三—一七—五
電話〇六（六三七三）三六四一
FAX〇六（六三七三）三六四二
振替〇〇九四〇—七—三〇六四五七
組版　株式会社四国写研
印刷製本　亜細亜印刷株式会社
© 2019 Michiko Natsume
ISBN4-89271-319-4
不良本はお取り替えいたします